JULIÁN NO CASAMENTO

Jessica Love

Tradução de Dani Gutfreund

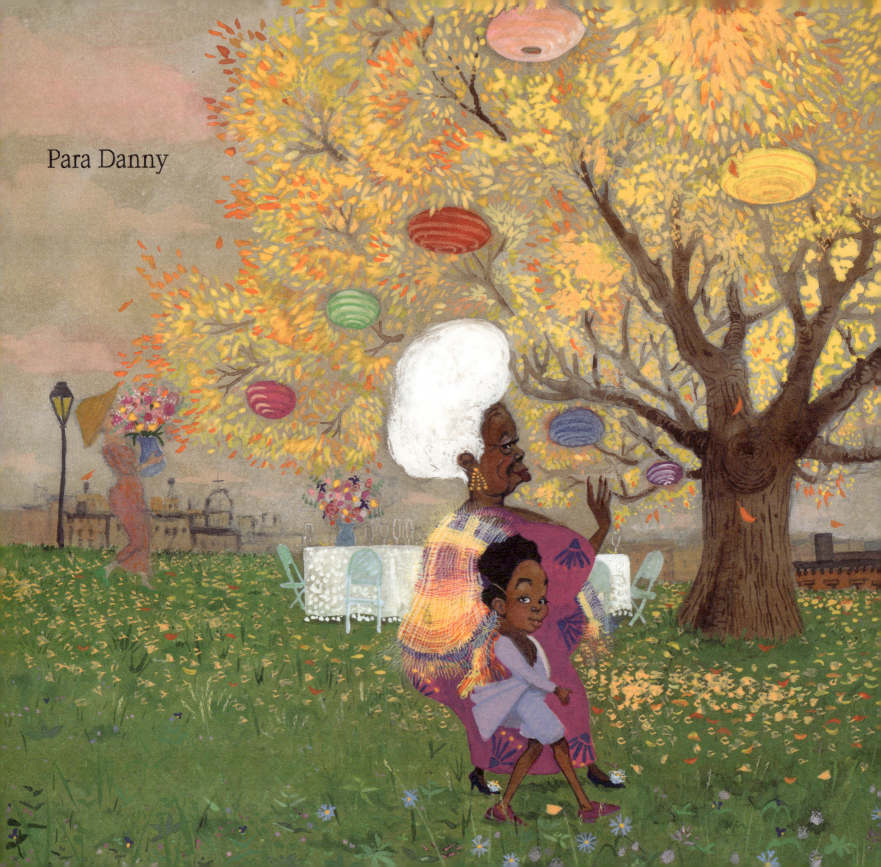

Para Danny

Hoje eles vão a um casamento.

Estas são as noivas, e esta é a Gloria, a cachorra delas.

O casamento é a festa do amor.

— Vamos — sussurra Marissol.

— É uma casa de fadas... — sussurra Julián.

— Marissol?

— Ai, ai, ai.

Julián tem uma ideia...

— Eu me sujei toda.

— Eu vi, meu amor. Mas agora você tem asas!

— Aí estão vocês!

E era hora de dançar.

Jessica Love cresceu no Sul da Califórnia, em meio a uma família de artistas. É atriz, escritora e ilustradora. Estudou gravura e ilustração na Universidade da Califórnia (Santa Cruz) e teatro na Juilliard School, em Nova York. Vive no Brooklyn. Dela, a Boitempo também publicou *Julián é uma sereia*, seu livro de estreia, que já recebeu mais de duas dezenas de prêmios regionais e internacionais, como o da Feira do Livro Infantil e Juvenil de Bolonha, categoria Opera Prima, em 2019.

Publicado originalmente por Walker Books, Londres.

© Jessica Love, 2020

© desta edição: Boitatá, 2023

É vedada a reprodução de qualquer parte deste livro sem a expressa autorização da editora.

CIP-BRASIL. CATALOGAÇÃO NA PUBLICAÇÃO
SINDICATO NACIONAL DOS EDITORES DE LIVROS, RJ

L947j

    Love, Jessica, 1978-
        Julián no casamento / Jessica Love ; tradução Daniela Gutfreund. - 1. ed. - São Paulo : Boitatá, 2023.

        Tradução de: Julián at the wedding
        ISBN 978-65-5717-242-1

        1. Ficção. 2. Literatura infantojuvenil americana. I. Gutfreund, Daniela. II. Título.

23-84405   CDD: 808.899282
                                          CDU: 82-93(73)

Gabriela Faray Ferreira Lopes - Bibliotecária - CRB-7/6643

Este livro foi composto em Godlike, corpo 16/26, e as ilustrações foram feitas em aquarela, guache e tinta.

Impresso em papel Offset 180 g/m² pela gráfica Piffer Print, para a Boitatá, com tiragem de 3 mil exemplares.

Direção-geral
Ivana Jinkings

Edição
Thais Rimkus

Assistência editorial
Allanis Ferreira

Coordenação de produção e diagramação
Livia Campos

Tradução
Dani Gutfreund

Revisão
Frank de Oliveira

1ª edição: junho de 2023

Jinkings Editores Associados Ltda.
Rua Pereira Leite, 373
05442-000, São Paulo (SP)
Tel.|fax: (11) 3875-7250 | 3875-7285
contato@editoraboitata.com.br
boitata.com.br
boitata | editoraboitata